AF454853

1909 Novembre 19



VENTE
Du Vendredi 19 Novembre 1909
HOTEL DROUOT, SALLE N° 8
A 2 HEURES

# Estampes et Dessins

## AQUARELLES, PASTELS

## ANCIENS ET MODERNES

**Me F. LAIR-DUBREUIL**
COMMISSAIRE-PRISEUR

**MM. PAULME & B. LASQUIN Fils**
EXPERTS

CATALOGUE

DES

# Estampes et Dessins

AQUARELLES, PASTELS

## ANCIENS ET MODERNES

*Principalement*

## de l'École Française du XVIIIe Siècle

***Par ou attribués à***

*Estampes :* ALIX, APPIANI, BAUDOUIN, BOILLY, BOUCHER, CHALLE, DEBUCOURT, DESCOURTIS, HUBERT-ROBERT, HUET, ISABEY, KAUFFMANN, LAWREINCE, MOREAU LE JEUNE, SINGLETON, SMITH, WARD, WATTEAU, ETC., ETC.

*Dessins :* BOREL, BOUCHER, DIAZ, HUET, ISABEY (E.), LARUE, LECLERC, MONNIER, MOREAU LE JEUNE, NATOIRE, OZANNE, PERNET, PILLEMENT, ROUSSEAU, SWEBACH, VINCENT, WILLE, ETC.

**Appartenant à divers Amateurs**

*Et dont la Vente aux Enchères publiques aura lieu*

**HOTEL DROUOT, SALLE N° 8**

**Le Vendredi 19 Novembre 1909, à deux heures**

---

| **M[e] F. LAIR-DUBREUIL** | **MM. PAULME & B. LASQUIN fils** |
|---|---|
| COMMISSAIRE-PRISEUR | EXPERTS |
| 6, rue Favart | 10, rue Chauchat \| 11, rue de la Grange-Batelière |

---

EXPOSITION PUBLIQUE

**Le Jeudi 18 Novembre 1909, de 2 h. à 6 heures.**

## CONDITIONS DE LA VENTE

---

Elle sera faite au comptant.

Les adjudicataires paieront *dix pour cent* en sus des enchères.

L'exposition mettant le public à même de se rendre compte de l'état et de la nature des objets, aucune réclamation ne sera admise une fois l'adjudication prononcée.

---

Paris. — Imp. de l'Art, Ch. Berger, 41, rue de la Victoire

# DÉSIGNATION

## ESTAMPES

1 — ADAM (Victor). Napoléon le Grand. Lithographie coloriée. Encadrement en papier estampé doré. Sous verre.

2 — ALIX. Marie-Anne-Charlotte Corday. Médaillon ovale en couleur.

3 — ANONYME. Portrait de jeune femme en mantille, une gerbe de fleurs à la main. Gravure en noir du temps de la Restauration.

4 — APPIANI (D'après). Buonaparte first Consul of France. Gravure anglaise en couleurs, par SMITH. Encadrée.

5 — ANONYME. Jeux d'enfants. Gravure en noir. Encadrée.

6 — ANONYME. Portrait de Poniatowski. Gravure coloriée. Encadrée.

7 — Barbault (D'après). Bourgeoise de Bologne. Gravure noire. Encadrée.

8 — Baudouin (D'après). Le Fruit de l'amour secret. Gravure noire, par Voyez. Encadrée.

9 — Benwell (D'après). Cupid desarmed. Gravure ovale en couleurs. Encadrée.

10 — Boilly (D'après). Prélude de Nina. Gravure noire, par Chaponnier. Encadrée.

11 — Boilly (D'après). Ça ira. Gravure en noir avant la lettre. Encadrée.

12 — Boilly. Trente pièces de la suite des *Grimaces*. En couleurs.

13 — Boucher (D'après). L'Amour vendangeur. — Pescheurs. — Le Berger. — Le Poète. — Quatre gravures en noir, par Duflos et Fessard.

14 — Boucher (D'après). La Belle Jardinière. Petite gravure-vignette en noir.

15 — Boucher (D'après). Bacchanale. Gravure en bistre, par Saingnon. Petite marge.

16 — Boucher (D'après). Ismente et Daphnis. Gravure en noir, par J. H. E. Petite marge.

17 — BOUCHER (D'après). Jeune paysan et paysanne jouant avec un oiseau. Gravure à la sanguine.

18 — BOUILLON ET AUTRES (D'après). Histoire de Louis XVI et Marie-Antoinette pendant la Révolution. Suite de six gravures en couleurs, par CAZENAVE et autres.

19 — BRION. Le Galant Jardinier. — La Jardinière coquette. Deux gravures en couleurs faisant pendants. Encadrées.

20 — CARDON (Par et d'après). La Diseuse de bonne aventure. Gravure anglaise en noir. Encadrée.

21 — CARÊMES (D'après). La Bacchante ivre. Gravure en couleurs avant la lettre. Encadrée.

22 — CHALLE et VAN GORP (D'après). La Lecture. — L'Elysée. Deux gravures en noir.

23 — CHALLE (D'après). L'Amour est plus à craindre que l'épine. — L'Amitié la console. Deux gravures en couleurs faisant pendants, par RUOTTE.

24 — Challe (D'après). Louis XIV dans la chambre de Mlle de La Vallière. — Mlle de La Vallière au couvent de Chaillot. Deux gravures en couleurs faisant pendants. Encadrées.

25 — Cosway (D'après Maria). Composition allégorique. Gravure anglaise en couleurs, par Tom Kins. Cadre ancien en acajou.

26 — Cosway (D'après). Portrait de Mrs Duff. Gravure anglaise, par Agar. Encadrée.

27 — Debucourt. Les Plaisirs de l'hiver. — L'Attaque des brigands. Deux pièces en couleurs faisant pendants. Avec marge.

28 — Debucourt (D'après). La Rose mal défendue. Gravure manière noire. Réduction par Bonnemain.

29 — Debucourt. L'Incendie. Gravure en noire.

30 — Descourtis. Portrait de Frédérique-Sophie-Wilhelmine de Prusse, princesse d'Orange et de Nassau, d'après Hentzi. Gravure imprimée en couleurs. Médaillon ovale. Superbe épreuve avant la lettre, avec marge. Encadrée.

31 — Detaille (E.). Cuirassier à cheval. Eau-forte.

32 — Divers. Quatre gravures non cataloguées.

33 — Durer (Albert). Saint-Hubert. Eau-forte.

34 — Durer (Albert). Vierge et l'Enfant Jésus Deux eaux-fortes dans le même cadre.

35 — École allemande. Crucifixion. Gravure. Encadrée

36 — École anglaise. Portrait de jeune femme appuyée sur un livre. Gravure en manière noire, avant la lettre. Encadrée.

37 — École anglaise. La Leçon d'amour. Gravure en couleurs. Médaillon ovale. Encadrée.

38 — Eisen le Père (D'après). Amusement de la jeunesse. Deux gravures, manière noire, par Haid, faisant pendants. Encadrées.

39 — Flameng (D'après François). Vive l'Empereur! Grande gravure, par Boulard.

40 — Gérard (D'après le Baron). Joachim Murat. Gravure. Encadrée.

41 — Graig (D'après). Portrait de femme. Gravure anglaise, par Landseer. Encadrée.

42 — Haid (Chez). Histoire de l'Enfant prodigue. Deux pièces, manière noire.

43 — Hamilton (D'après). Apothéose de Louis XVI. Gravure anglaise.

44 — Hubert-Robert (D'après). L'Hermite du Colisée. Gravure en couleurs, par Descourtis. Superbe et très fraîche épreuve. Avec marges. Encadrée.

45 — Huet (D'après). The Balance. Gravure en couleurs, par Bonnet. Encadrée.

46 — Huet (D'après). L'Amour fait l'offrande de son cœur à Vénus. Gravure en couleurs, par Bonnet. Encadrée.

47 — Huet (D'après). Le Lion malade. — Le Loup berger. — Deux gravures en couleurs, par Demarteau. (564-565). Encadrées.

48 — Isabey (D'après). Le Départ et le Retour. Deux estampes faisant pendants. Avant la lettre. Encadrées.

49 — Isabey (Genre de). Napoléon, duc de Reichstadt. Gravure en couleurs. Médaillon ovale. Encadrée.

50 — Isabey (D'après). Portrait d'Hubert-Robert. Gravure noire avant la lettre, par Niger. Encadrée.

51 — Janinet. Portrait d'homme debout à la campagne. Gravure en couleurs.

52 — Jeaurat (D'après). Naissance de Vénus. Gravure noire, par Aubert. Encadrée.

53 — Kauffmann et Garnier (D'après). Dévouement des dames romaines. — Générosité de Scipion. — Cornélie mère des Gracques. — — Achille reconnu par Ulysse. — Désintéressement de Phocion. Suite de cinq gravures en couleurs.

54 — Kauffmann (D'après Angellica). Héloïse et Abélard surpris par Fulbert. — L'Amour luttant contre les grâces pour rattraper ses armes. Deux gravures anglaises en couleurs, de forme ronde, faisant pendants. Encadrées.

55 — Lagrenée et Cipriani (D'après). Sujets allégoriques. Deux gravures en couleurs, de forme ovale, faisant pendants. Encadrées.

56 — Lancret (D'après). Jeux de cache-cache mitoulas. Gravure en noir, par de Larmessin. Encadrée.

*

57 — LAWREINCE (D'après). Valmont et Emilie. Gravure en bistre et rouge sur les chairs. Forme ovale.

58 — LAWREINCE (D'après). Le Billet doux, par DELAUNAY. Rare épreuve à l'état d'eau-forte non terminée. Très petite marge. Encadrée.

59 — LAWRENCE (D'après). Portrait de Mrs Ashley. Gravure manière noire anglaise, par PHILIPS. Encadrée.

60 — LAWRENCE (D'après). Portrait de Lady Gower. Gravure en manière noire, par COUSINS. Encadrée.

61 — LAWRENCE (D'après). Portrait de Lady Célina Mead. Gravure anglaise, par Doo. Encadrée.

62 — LEVILLY. What you will? Gravure en bistre. Encadrée.

63 — LUCAS DE LEYDE. Sujet biblique. Eau-forte.

64 — MARIN (L.). Nymphes de Flore. — Nymphe sortant du bain. Deux gravures en couleurs, faisant pendants, d'après BARBIER. Encadrée.

65 — MARTINET (D'après). Portrait du Maréchal Mortier. Gravure en couleur.

66 — MONNET (D'après). La Religion triomphante sous le règne de Sa Majesté Louis XVIII. Gravure en couleurs. Encadrée.

67 — MOREAU LE JEUNE (D'après). A la Reine. — Au Roi. Deux gravures en noir, faisant pendants, par LE MIRE. Encadrées.

68 — NORTHCOTE (D'après). A visit to the grandmother. Gravure anglaise en couleur, par SMITH. Encadrée.

69 — PAYE (D'après). The Country Guirl. Gravure anglaise en manière noire, par YUNG. Encadrée.

70 — PÉRA (D'après). Vénus et l'Amour. Gravure en couleur. Encadrée.

71 — PETERS (D'après). La Résurrection d'une famille pieuse au jugement dernier. Gravure anglaise, par BARTOLOZZI.

72 — PRIEUR ET AUTRES (D'après). Douze pièces sur la Révolution. Gravures en noir.

73 — RAPHAEL (D'après). L'Espérance. Gravure en couleur. — Médaillon rond sur tablette. Encadrée.

74 — Raphael (D'après). L'Amour surpris. Gravure en couleurs, par Augustin le Grand. Encadrée.

75 — Rembrandt. Portraits de Rembrandt et de sa femme. Eau-forte.

76 — Révolution (Époque de la). Jeune élégant se promenant au Palais-Royal. — Portrait de Robespierre. Deux petites pièces en couleurs.

77 — Romney et Boydell (D'après). Shakespeare. — The Enfant Shakespeare. Deux gravures anglaises. Encadrées.

78 — Rowlandson (D'après). — Orgie. Gravure anglaise au bistre. Encadrée.

79 — Rubens (D'après). Descente de croix. Grande gravure en trois pièces. Cadre en bois sculpté Louis XVI.

80 — Rubens (D'après). Le Jugement de Pâris. Gravure en couleurs, par Dagotis. Encadrée.

81 — Schwarz. Vues de châteaux des environs de Berlin : Mon Bijou, Kœpenick, Schönhaussen, Bellevue. Quatre gravures au lavis. Encadrées.

82 — Sergent (A.-F.). Portrait de M. Necker. Gravure en couleurs. Médaillon ovale, gravé d'après le tableau original de M. Duplessis, sous la direction de M. de Saint-Aubin.

83 — Singleton (D'après). The Surender of the two Sons of Tippo Sultaun. Gravure en couleur. Encadrée.

84 — Smith. Slave trade. — African hospitality. Deux gravures anglaises, d'après Morland, faisant pendants. Imprimées en couleurs.

85 — Stothard (D'après). Sabina releasing the Lady From the Enchanted Chair. Gravure anglaise en couleurs. Encadrée.

86 — Teniers (D'après). Sabbat. Gravure anglaise, par Earlon. Encadrée.

87 — Teniers (D'après). Les Accords flamands. Gravure noire. Encadrée.

87 *bis* — Vues de Suisse. Suite de douze gravures imprimées en couleur, en superbe condition, à toute marge; cinq sont gravées par F. Janinet et sept par Descourtis. Trois

d'entre elles portent, au revers, la signature autographe de l'éditeur Hentzi.

Ville de Thun, du côté de l'Occident. — La Lutschinen sortant du glacier inférieur de Grinderwald. — Le Grand Théâtre des Alpes et glaciers. — La Vallée de Lauterbronnen. — Seconde chute du Staubbach. — Vue du Village de Hospital, dans la vallée d'Urseren. — Vue de l'Hospice et de la Chapelle des Capucins, au haut du mont Saint-Gothard. — Glacier de Lauteraar. — Glacier snpérieur de la vallée de Grinderwald. — Vue de Breit-Lauvinen. — Glacier de Rosenlauï dans le pays de Hasly. — Chute de l'Aar.

88 — Ward. Le Départ et le Retour du chasseur. Deux grandes pièces anglaises, faisant pendants. Imprimées en couleurs.

89 — Ward. The Death of Œdipus. Gravure anglaise en couleurs, d'après H. Fuseli. Encadrée.

90 — Warnimont (D'après John). The fortunate Complaint. Gravure anglaise. Médaillon ovale en couleur. Sous verre.

91 — Watteau (A.). Fêtes Vénitiennes. Gravure en noir, par Lau-Cars. Petite marge.

92 — Watteau (D'après A.). Arlequin, Pierrot et Scapin Gravure en noir, par Surugue.

93 — Westhal. Le Cardinal Ximénès répondant aux Grands. Gravure anglaise en couleurs, par Ward. Encadrée.

94 — Autre épreuve en noir.

95 — Wolstenholme (D'après). Gravures de chasse, gravées par Stewart et autres. Cinq pièces en couleurs. Encadrées.

96 — Caricatures politiques. Album renfermant cent quarante-huit pièces, la plupart en couleurs. Caricatures politiques relatives à Napoléon et à son époque.

# DESSINS

## AQUARELLES, PASTELS

97 — Borel. Le Buste couronné. Dessin ovale au lavis.

98 — Boucher (François). Tête de femme de profil. Dessin aux crayons de couleurs. Cadre ancien en bois sculpté.

99 — Charlet. Un Homme de corvée. Aquarelle. Haut., 16 cent. ; larg., 10 cent.

100 — Cochin (C.-N.). Intérieur avec personnages. A la pierre noire. Cadre en bois sculpté doré.

100 *bis* — Courvoisier. Vue de Notre-Dame-de-Paris. Aquarelle et gouache.

101 — Delacroix (E.). Deux têtes d'étude sur la même feuille. Dessins à la plume. — Haut., 31 cent. ; larg., 23 cent.

102 — Diaz (N.). Forêt de Fontainebleau. Dessin à la plume. (*Vente N. Diaz.*) — Haut., 10 cent. ; larg., 17 cent.

103 — Diaz (N.). Tête d'enfant. Sanguine. (*Vente Diaz.*) — Haut., 11 cent.; larg., 9 cent.

104 — Divers. Album contenant trente-huit dessins ou aquarelles, par Andrieux, Fort, Charlet, Calame, Roqueplan, Madou, Grandville, etc.

105 — Duplessis-Bertaux (D'après). L'Offrande au seigneur. Dessin à l'aquarelle.

106 — École espagnole. Sujets de genre. Deux dessins à l'encre de Chine, sur une même feuille au *recto* et *verso*.

107 — École française (xviii^e siècle). Ustensiles, vases de fleurs, salière, etc., sur une table. Deux petites gouaches faisant pendants.

108 — École française (xviii^e siècle). Portrait d'homme. Médaillon ovale dans un cadre orné. Dessin au crayon.

109 — École française (xviii^e siècle). Portrait d'homme en buste. Médaillon au crayon.

110 — École française. Paysage avec ruines, rivière et pêcheurs. Dessin.

111 — École française. Académie de femme. Dessin.

112 — École française. Nature morte : Chien gardant du gibier. Dessin.

113 — École française. Cour de ferme avec enfants jouant. Dessin au crayon.

114 — École française. Jeune femme attisant le feu. Dessin à la sépia.

115 — École française. L'Enfant chéri. Dessin aquarellé.

116 — École française. Le Modèle. Dessin à l'encre de Chine.

117 — École moderne. Bal masqué. Aquarelle et gouache.

118 — École moderne. Pêches, prunes sur une assiette. Panneau.

119 — Français. Sous bois. Dessin.

120 — Gosis. Vues du Bosphore. Pastel et aquarelle.

121 — Hallé. Portrait présumé de Boucher. Dessin au lavis d'encre de Chine. Forme ovale.

122 — Hubert-Robert. Jeune femme dans une prison. Dessin aquarellé.

123 — Huet (Jean-Baptiste). Vénus et les Amours. Aquarelle sur trait de plume. Cadre ancien, baguette Louis XVI.

124 — Isabey (E.). Combat naval. Dessin à la sépia. — Haut., 15 cent.; larg., 31 cent.

125 — Isabey (E.). Entrée du port du Havre. Mine de plomb. — Haut., 12 cent.; larg., 20 cent.

126 — Isabey (E.). Marines. Deux dessins à la mine de plomb, dans le même cadre. — Haut., 11 cent.; larg., 20 cent.; haut., 5 cent.; larg., 20 cent.

127 — Isabey (E.). Pêcheurs sur un lac italien. Mine de plomb. — Haut., 11 cent.; larg., 16 cent.

128 — Isabey (E.). Avant-port à marée haute. Mine de plomb. — Haut., 15 cent.; larg., 13 cent.

129 — JEAURAT (Attribué à). Étude de femmes. Deux croquis au crayon noir, dans le même cadre. — Haut., 12 cent.; larg., 10 cent.

130 — KAUFFMANN (D'après). Werther. Dessin à la sanguine.

131 — LAMI (Eug.). Lancier à cheval. Dessin au crayon. Aquarellé.

132 — LARUE. Sacrifice. Dessin rehaussé de sépia.

133 — LARUE. Banquet républicain. A l'encre de Chine, rehaussé d'aquarelle.

134 — LE CARPENTIER (1772). Portrait de femme de profil à gauche. Dessin. Médaillon ovale au crayon rehaussé de sanguine. Signé et daté.

135 — LECLERC. Composition pour mode. Dessin à la sanguine. Cadre fait de baguettes anciennes.

136 — MICHEL. Paysage de Hollande. Dessin aquarellé. — Haut., 17 cent.; larg., 30 cent.

137 — MILLET (J.-F.). Roches du Catel. Crayon noir. — Haut., 22 cent.; larg., 27 cent.

138 — Millet (J.-F.). Au pied de la roche du Catel. Crayon noir. — Haut., 22 cent.; larg., 27 cent.

139 — Miniature rectangulaire sur vélin : Ermite. xviie siècle.

140 — Miniature ovale : Portrait de Dupavillon, peintre d'histoire, élève de David. Époque Restauration.

141 — Miniature carrée : Portrait de vieillard. Signée : *Thévenet*, et datée.

142 — Monnier (Henri). Portrait d'homme âgé, son chien près de lui. Aquarelle signée : *Henri Monnier*.

143 — Moreau (G.). Cinq études dans le même cadre. Dessins.

144 — Moreau le jeune. Sujet de l'Enéide. Dessin à la pierre noire.

145 — Natoire. Allégorie. Grand dessin à l'aquarelle rehaussé de gouache. Cadre fait de baguettes anciennes.

146 — Ozanne. Vues de ports de France. Deux importantes aquarelles, animées de nombreux personnages, faisant pendants. Signées des initiales.

147 — Ozanne. Paysage avec rivière, pont et ruines, animé de personnages. Dessin au lavis d'encre de Chine.

148 — Parizeau (1775). Portrait de femme âgée. Sanguine.

149 — Parrocel (Attribué à). Combat de cavalerie. Dessin.

150 — Pascal. Oasis dans le désert. Aquarelle et gouche.

151 — Pernet. Ruines d'un temple antique, animé de personnages. Aquarelle.

152 — Pillement (Jean). Paysage, avec personnages, moutons, rivière et pont de bois. Dessin.

153 — Prud'hon (Attribué à). Portrait de Mlle Mayer. Dessin au crayon noir, rehaussé de blanc.

154 — Rousseau (Th.). Entrée de son jardin à Barbizon. Dessin à la plume. — Haut., 13 cent.; larg., 20 cent.

155 — Rousseau (Th.). Le Petit pont. Dessin à la plume sur papier rose. — Haut., 12 cent.; larg., 16 cent.

156 — Rousseau (Th.). Descente du mont Saint-Bernard, par Th. Rousseau et ses amis, en 1834. Dessin à la mine de plomb. — Haut., 19 cent.; larg., 25 cent.

157 — Rousseau (Th.). Descente du Mont-Saint-Bernard en 1834 par Th. Rousseau et ses amis. Dessin à la mine de plomb. Haut., 22 cent.; larg., 30 cent.

158 — Swebach. Convoi d'artillerie. Dessin aquarellé. Signé et daté : *L'an IIe*.

159 — Van Dyck (Attribué à). Portrait d'homme.

160 — Vincent (A.-P.). Portrait d'homme. Dessin aux crayons de couleur, aquarelle et gouache. Forme ovale. Encadrée.

161 — Wille (P.-A.). La Lettre. Dessin au crayon noir. Signé et daté : *1813*.

162 — Portrait de moine et d'homme. Deux dessins.

163 — Cadre en bois sculpté doré. Style Louis XIV.

164 — Sous ce numéro, trois cadres dorés.

www.ingramcontent.com/pod-product-compliance
Ingram Content Group UK Ltd.
Pitfield, Milton Keynes, MK11 3LW, UK
UKHW021036260726
13994UKWH00005B/2195

9 782329 440002